MARIA ELENA CASTILLO

A FORÇA QUE EXISTE EM VOCÊ

Carol Aquino

COPYRIGHT © 2023 BY MARIA ELENA CASTILLO
COPYRIGHT © LA FUERZA QUE HAY EN TI

COPYRIGHT © FARO EDITORIAL, 2024

Todos os direitos reservados.
Nenhuma parte deste livro pode ser reproduzida sob quaisquer meios existentes sem autorização por escrito do editor.

MilkShakespeare é um selo da Faro Editorial.

Diretor editorial: **PEDRO ALMEIDA**
Coordenação editorial: **CARLA SACRATO**
Assistente editorial: **LETICIA CANEVER**
Tradução: **CAROL AQUINO**
Preparação: **TUCA FARIA**
Revisão: **CRIS NEGRÃO**
Capa e diagramação: **REBECCA BARBOZA**

Dados Internacionais de Catalogação na Publicação (CIP)
Jéssica de Oliveira Molinari CRB-8/9852

Castillo, Maria Elena
 A força que existe em você / Maria Elena Castillo ; tradução de Carol Aquino. -- São Paulo : Faro Editorial, 2024.
 128 p. : il, color.

 ISBN 978-65-5957-661-6
 Título original: La Fuerza que hay en ti

 1. Literatura infantojuvenil I. Título II. Aquino, Carol

23-3514   CDD 028.5

Índice para catálogo sistemático:
1. Literatura infantojuvenil

1ª edição brasileira: 2024
Direitos de edição em língua portuguesa, para o Brasil, adquiridos por **FARO EDITORIAL**.

Avenida Andrômeda, 885 — Sala 310
Alphaville — Barueri — SP — Brasil
CEP: 06473-000
WWW.FAROEDITORIAL.COM.BR

Este livro contém oito contos maravilhosos que ajudarão a compreender e a lidar de uma maneira melhor com as emoções.

As histórias divertidas ajudam as crianças a compreenderem a importância das relações sociais e a empatia.

Estas histórias podem ser lidas na hora de dormir para que elas durmam melhor e tenham sonhos bem bonitos.

Elas oferecem uma oportunidade única para aumentar a autoconfiança e aceitar a diversidade dos outros.

INTRODUÇÃO PARA OS PAIS

Queridos pais,
Estamos muito felizes que tenham escolhido este livro para seus filhos. Esperamos que seja útil para ajudá-los a desenvolver uma melhor compreensão dos relacionamentos, do compartilhamento, da gentileza e da aceitação em relação às outras pessoas.

Aqui vocês encontrarão histórias que incentivam as crianças a desenvolverem habilidades sociais e a compreenderem seus próprios sentimentos e os dos demais. Elas também ajudarão a melhorar a comunicação e o respeito entre as crianças, bem como incentivar a aceitação e a tolerância entre diferentes culturas e sua diversidade. As crianças aprenderão lições importantes sobre como trabalhar e brincar juntas, assim como lidar com suas próprias emoções.

Estas histórias tão divertidas *farão* com que o aprendizado seja ainda mais *fácil* e agradável para seus filhos.

Os pais desempenham um papel vital no desenvolvimento das habilidades sociais das crianças. Por isso é importante que as incentivem a discutir e compartilhar suas opiniões. Nossa recomendação é que dediquem um tempo para ler este livro com seus filhos e discutir as lições com eles.

Isso permitirá que compreendam e aceitem melhor seus próprios sentimentos e de outras pessoas.

Estamos confiantes de que este livro proporcionará a seus filhos experiências divertidas e enriquecedoras, que os ajudarão a se tornar cidadãos responsáveis e respeitosos. Esperamos que essas *fábulas* e essas lições auxiliem sua *família*.

Desejamos a todos uma excelente leitura!

A autora

PEDRO, O PEQUENO JOGADOR DE FUTEBOL

Cada vez que Pedro entrava no campo, ele se sentia como se estivesse em um mundo diferente. **TODOS OS SEUS TEMORES E PREOCUPAÇÕES PARECIAM DESAPARECER.** Ele se sentia livre, e nada mais podia distraí-lo. O menino tinha o sonho de se tornar o melhor jogador de futebol de toda a escola, e talvez algum dia, ser recrutado para um grande time.

A escola na qual Pedro estudava ficava fora da cidade. Era um edifício antigo e enorme, de vários andares. De cada uma das janelas do prédio era possível ver o campo de futebol em que treinavam. Apesar de Pedro ser um aluno estudioso e se concentrar nas lições durante a aula, ele sempre queria olhar para fora e ver o que estava acontecendo no campo. Os estudantes adoravam se reunir lá quando o sol brilhava. Eles organizavam jogos todos os dias durante as aulas de educação física, no recreio e depois das aulas.

Ninguém nunca perdia a oportunidade de brilhar no campo de futebol ou de ver os jogos e os melhores jogadores da escola.

As arquibancadas ficavam ao lado do campo, e era nessa direção que Pedro gostava de dar uma espiadinha enquanto jogava. Ele sempre olhava para uma menina linda que torcia por seu time. **O NOME DELA ERA LUANA.** Ela não estava na sala de Pedro e, por isso, eles ainda não tinham tido a oportunidade de conversar. Mas ele gostava dela e sabia que ela prestava atenção quando ele jogava. **ISSO O MOTIVAVA AINDA MAIS.**

Pedro era muito bom, e a maioria dos colegas contava com ele para fazer gols e levar o time à vitória. O time se chamava Leões de Prata, e era uma das melhores equipes de todo o colégio, graças ao talento de cada um de seus jogadores. Esse ano, o time esperava brilhar novamente no torneio anual organizado pelos professores.

MAS OS SONHOS DE PEDRO E DE SUA EQUIPE ESTAVAM PRESTES A SER COMPROMETIDOS.

Seus colegas de time ouviram boatos sobre um novo estudante que havia chegado à escola no mês anterior, que parecia ser muito bom, e jogava como atacante, marcando vários gols em cada partida. O time dele se chamava As Águias.

O goleiro do time de Pedro chegou a ouvir boatos de que o garoto fizera outro goleiro chorar quando marcou seis gols consecutivos, e disse para ele que era melhor desistir de ser goleiro. Esse novo estudante se chamava Theo e se tornaria o maior rival de Pedro.

O pai de Theo era jogador profissional em um time importante, e tinha acabado de chegar à cidade. Theo também era um jogador talentoso para sua idade, mas era malvado e arrogante com os rivais. Em algumas ocasiões ele até se recusava a jogar contra certos times, dizendo: "Eles não são bons o suficiente e não merecem me enfrentar." Dentro do campo, eram poucas as vezes em que ele passava a bola para seus colegas, o que incomodava alguns deles.

No entanto, **COMO O TIME DE THEO SEMPRE ACABAVA VENCENDO GRAÇAS AO SEU JOGO DE ATAQUE, NINGUÉM RECLAMAVA;** nem mesmo o treinador dizia algo sobre seu comportamento.

Durante os jogos de preparação antes do torneio, o time de Theo enfrentou o time de Pedro. Os pequenos jogadores tinham um excelente nível para sua idade, mas às vezes alguns deles perdiam a bola e cometiam alguma falta (o que é normal no futebol). E cada vez que Pedro cometia um erro, Theo estava ali para apontá-lo e rir dele. Parecia que de alguma forma ele gostava de fazer Pedro se sentir mal.

Mas Pedro não permitia que Theo o afetasse. Ele estava determinado a demonstrar seu valor e a vencer o torneio com seu time Leões de Prata. Essa partida acabou empatada em cinco a cinco.

Depois dessa partida, Pedro começou a treinar como nunca. Queria mostrar para seu rival que não se intimidaria e que era o melhor em campo.

Porém, não se esqueceu de que, apesar de suas habilidades pessoais, o futebol era um esporte coletivo e que a vitória seria para o time inteiro. Para poder marcar gols era necessário o apoio de seus companheiros. Assim, eles passavam horas praticando, durante o recreio e depois da aula. E tudo isso sob os olhares carinhosos de Luana.

Pedro gostaria de passar mais tempo com ela, mas não sabia como chamar sua atenção para além do futebol. Aliás, ele era bastante tímido e nunca tinha se atrevido a falar com ela.

Um dia, Pedro voltava da escola para casa quando viu Theo discutindo com uma menina. Era Luana!

Diante da situação, Pedro deixou a timidez de lado e se encheu de coragem. Era a oportunidade perfeita para salvar Luana e chamar sua atenção.

Ele se aproximou calmamente e tentou acabar com a discussão, pedindo a Theo que fosse embora. Theo era um menino que gostava de gritar, mas não era corajoso. Então ele se foi rapidamente ao ver que Pedro estava tão determinado.

Luana olhou para Pedro, sorriu e disse: — Obrigada por ter me ajudado, Pedro. Você é muito valente.

Pedro ficou admirado. Não imaginava que ela soubesse seu nome. O olhar de surpresa do menino fez Luana rir e, logo em seguida, ela afirmou:

— Fico vendo você jogar faz tempo, e tenho certeza de que um dia será um grande jogador.

Ela foi embora, sorridente, e Pedro não conseguiu pronunciar uma palavra sequer. Estava tão feliz... Voltou para casa com a sensação de estar caminhando nas nuvens. Seu coração batia forte, e ele estava decidido a provar que Luana tinha razão.

Não faltou a nenhum treino porque sabia que isso faria a diferença contra Theo. Ele rapidamente se tornaria a estrela dos Leões de Prata e de toda a escola.

Por outro lado, Theo vinha tendo dificuldades por seu comportamento, não conseguia progredir. Em campo, ele continuava jogando sozinho, ignorando seus companheiros e os conselhos do treinador. Percebia que Pedro melhorava a cada dia, mas ele não.

Então, começou a sentir inveja do sucesso de Pedro e estava decidido a vencê-lo no torneio anual.

No último fim de semana de junho, todos os pais dos alunos e os grandes jogadores dos times locais foram convidados para assistir à final. Esse ano o time de Pedro, Leões de Prata, enfrentaria o time de Theo, As Águias. Os dois times tinham vencido todas as partidas que disputaram.

O DIA TÃO ESPERADO FINALMENTE TINHA CHEGADO. PEDRO ESTAVA NERVOSO, MAS DETERMINADO A DEMONSTRAR SEU VALOR E A JOGAR CONTRA O TIME ADVERSÁRIO.

A PARTIDA COMEÇOU COM UM GOL DE THEO, QUE MARCOU APÓS CINCO MINUTOS DE JOGO.

Sua técnica e precisão foram tão espetaculares que ele conseguiu enganar o goleiro do time de Pedro. A torcida enlouqueceu, e o time de Theo começou a passar a bola para ele sempre que possível para que marcasse outros gols.

Mas os Leões de Prata não se deixaram abater, e rapidamente se recuperaram, criando várias oportunidades de gol.

Conseguiram empatar um pouco antes do intervalo e assumiram a liderança no início do segundo tempo.

Theo tentou fazer a diferença sozinho, mas não deu certo. Ele estava muito bem controlado pela defesa adversária. Pedro e seus colegas provaram ser jogadores incríveis e fizeram a diferença aos setenta minutos, graças a um gol de cabeça de seu jogador-estrela.

ISSO FOI DEMAIS PARA THEO, QUE COMEÇOU A DUVIDAR DE SI, PERDENDO A AUTOCONFIANÇA. ELE TENTOU ALGUNS MOVIMENTOS, MAS SEM MUITO SUCESSO, e finalmente os Leões de Prata venceram a partida por três a um.

Theo estava muito decepcionado e não entendia por que não tinha sido capaz de fazer a diferença. Sua arrogância não permitiu que ele passasse a bola para seus colegas. A lição foi difícil, mas Theo aprendeu que era necessário jogar em time se quisesse vencer.

A torcida, enlouquecida, comemorava a vitória de Pedro.

O time havia se superado, e os jogadores conseguiram demonstrar que tinham tanto personalidade como solidariedade.

Eles provaram que a união faz a força e que o trabalho em equipe é mais importante que o talento individual.

Assim que soou o apito final, Luana correu até Pedro e o beijou na bochecha. Então, sussurrou:

— VOCÊ FOI INCRÍVEL. REALMENTE MERECE SER A ESTRELA DO JOGO.

TODOS PARABENIZARAM PEDRO E SUA EQUIPE PELA PARTICIPAÇÃO.

O coração de Pedro batia com força. Ele experimentou emoções até então desconhecidas, mas também se sentiu aliviado. Ele finalmente mostrou seu valor, e tinha feito isso na frente de Luana.

Mais tarde, Pedro voltou para casa com um sorriso no rosto. Conseguira realizar seu sonho de se tornar um grande jogador. Ele também mostrara a Theo que não tinha medo de se arriscar, e até conquistou o coração da garota de que gostava.

PARA PEDRO, ESSA FOI A MAIOR VITÓRIA DE TODAS.

CORAGEM

Coragem é ter a determinação de fazer aquilo que é correto, mesmo que seja difícil. E para isso às vezes é necessário se arriscar e sair da zona de conforto.

O que passa por sua mente quando você pensa em coragem?

_____
_____
_____
_____

ERA UMA VEZ UM MENINO DE OITO ANOS CHEIO DE VIDA E IMAGINAÇÃO CHAMADO GUILHERME.

ELE ERA MUITO INTELIGENTE E TAMBÉM TINHA UM GRANDE SENSO DE HUMOR. ERA UM GAROTO CRIATIVO E GOSTAVA DE INVENTAR COISAS NOVAS E SE DIVERTIR.

Aos seis anos, Guilherme já desenhava robôs e máquinas de todo tipo que desejava construir quando crescesse. Dizia que essas máquinas poderiam ser usadas para melhorar a vida das pessoas.

GUILHERME ERA MUITO POPULAR EM SUA ESCOLA. VIVIA CERCADO DE SEUS AMIGOS, E PASSAVAM A MAIOR PARTE DO TEMPO BRINCANDO DE BOLINHA DE GUDE, DE ESCONDE-ESCONDE E DE AMARELINHA.

Eles conversavam sobre qualquer assunto, inventavam novas brincadeiras, discutiam sobre as últimas leituras ou as novidades da escola. As outras crianças gostavam muito de Guilherme, e muitas vezes era ele quem liderava as novas atividades que todos faziam juntos.

Guilherme era adorado por seus professores e por todos na escola. Sempre estava disposto a ajudar seus colegas e responder às perguntas dos professores. As outras crianças o respeitavam e confiavam nele.

Porém havia um colega de sala com o qual as coisas não iam tão bem. Esse menino sempre copiava as lições e os ditados de Guilherme. Ele se chamava Luca e era um pouco problemático. Estava sempre tentando ver o que Guilherme escrevia em suas anotações sem ser descoberto. Mas ele não era muito discreto, e Guilherme acabava percebendo. Essa situação começou a incomodá-lo.

Luca era um menino solitário e tímido. Ele tinha entrado na escola fazia dois anos, mas esse era o primeiro ano em que ele e Guilherme estudavam na mesma sala.

LUCA NÃO TINHA FEITO AMIGOS DE VERDADE NA ESCOLA DESDE QUE CHEGOU.

NUNCA SE SENTIA À VONTADE COM SEUS COLEGAS DE SALA E, MUITAS VEZES, FICAVA SOZINHO DURANTE O RECREIO. ELE PERMANECIA ISOLADO E PERDIDO ENTRE OS OUTROS ALUNOS E PROCURAVA SER NOTADO.

Luca e Guilherme se conheceram no começo do ano e se deram bem nos primeiros dias. Luca percebeu rapidamente que Guilherme era admirado por todos os outros estudantes e pelos professores. Guilherme se sentia muito à vontade com as outras pessoas e, diferente dele, sabia como fazer amigos.

Luca, fascinado por Guilherme, começou a observá-lo de perto, impressionado pela facilidade com que o amigo se integrava tão bem na sala. Luca queria ser como ele, mas não sabia como. Não tinha ideia do que dizer ou fazer para conquistar novos amigos. Então, decidiu começar a imitá-lo. **TUDO QUE GUILHERME DIZIA OU FAZIA, LUCA IMITAVA.** Ele se vestia como o Guilherme, tentava falar como ele, fazia os mesmos gestos e até andava igual.

Luca começou a perceber que seus colegas de sala o olhavam de uma maneira diferente, mas não estava obtendo o resultado que queria. Os outros alunos e os professores não falavam mais com ele. O garoto sentiu que essa não era a forma correta de agir, porque Guilherme continuava sendo mais popular que ele.

Um dia, quando Luca tentava mais uma vez copiar o ditado de seu colega de sala, Guilherme percebeu, e ficou realmente frustrado com o comportamento de Luca. Então, decidiu interromper a leitura da professora:

— SENHORA MARÍLIA, LUCA ESTÁ COPIANDO MEU DITADO! ISSO É INJUSTO!

A senhora Marília parou por um momento, decidiu separar os dois estudantes e retomou a leitura.

O sinal tocou, e os alunos se dirigiram para a saída.

— LUCA, GUILHERME, VOCÊS PODEM FICAR MAIS ALGUNS MINUTOS, POR FAVOR? — PEDIU A PROFESSORA, TRANQUILAMENTE.

A senhora Marília era uma professora muito gentil que sabia como falar com as crianças. Ela entendera o problema de Guilherme e queria que as duas crianças conversassem para resolvê-lo.

Os dois alunos se sentaram diante da mesa da senhora Marília, e ela perguntou a Luca o que tinha acontecido. Ele respondeu:

— Sinto muito, professora, eu não sabia escrever direito as palavras que a senhora ditou porque não aprendi muito bem a lição. Olhei na folha do Guilherme para não errar.

Então ela respondeu:
— Luca, eu entendo que você tenha problemas para realizar seu dever, mas não é justo copiar do Guilherme, que se esforçou muito para tirar uma nota boa. De agora em diante, quero que você faça seu próprio dever e, se precisar de ajuda, é só me pedir que eu explico novamente.

LUCA ESTAVA ENVERGONHADO, MAS CONCORDOU COM A CABEÇA E SE DESCULPOU COM GUILHERME.

Sabia que isso não o ajudaria a ser admirado pelos outros estudantes, e menos ainda por aquele que considerava seu exemplo a seguir.

POR OUTRO LADO, GUILHERME ESTAVA MUITO FELIZ POR SUA PROFESSORA TER RESOLVIDO O PROBLEMA E SE SENTIU ALIVIADO AO SABER QUE LUCA NÃO IA MAIS TRAPACEAR.

Finalmente ia poder se concentrar em seu trabalho. Também percebeu que era importante defender o que era correto, e estava orgulhoso de si mesmo por ter falado.

MAS ISSO NÃO IMPEDIU QUE LUCA COMEÇASSE DE NOVO.

Um dia, enquanto a professora resolvia um problema de matemática na lousa, Luca copiou novamente de Guilherme. Ao virar-se em direção à turma, a senhora Marília percebeu e interrompeu a aula na frente da sala inteira.

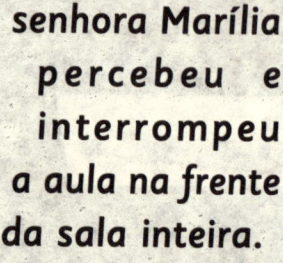

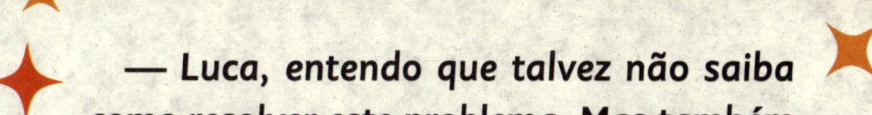

— Luca, entendo que talvez não saiba como resolver este problema. Mas também posso ver que Guilherme se esforça para entender. Se está se sentindo perdido, eu o aconselho a pedir ajuda a ele. Mas se você só copiar, nunca vai aprender como resolver o problema.

Mais uma vez, Luca foi pego de surpresa, e agora, na frente de todos os outros alunos. Ele se sentiu muito mal por essa situação.

LUCA TINHA MUITA DIFICULDADE COM MATEMÁTICA, E NEM SEMPRE ENTENDIA TUDO SE NÃO FOSSE EXPLICADO DETALHADAMENTE. Mas ele não se atrevia a fazer perguntas à professora na frente da sala, com medo de seus colegas rirem dele. Ele não tinha a mesma confiança de Guilherme.

No final da aula, Luca pediu a Guilherme que ficasse mais um instante

para conversarem. O menino começou a falar e expressou com dificuldade:

— DESCULPE POR TER COPIADO. EU NÃO SABIA O QUE FAZER, E SÓ ESTAVA TENTANDO ACOMPANHAR A AULA. VOCÊ PODE ME AJUDAR A ENTENDER ESSE PROBLEMA? — PEDIU, COM UM OLHAR TRISTE.

Guilherme sorriu e disse:
— Claro, se você precisava de ajuda, era só pedir. Vamos revisá-lo juntos, e eu te explicarei.

Depois de alguns minutos de explicação, Luca finalmente entendeu como resolvê-lo. Ele se sentiu muito orgulhoso.

NAS SEMANAS QUE SE SEGUIRAM, OS DOIS MENINOS PASSARAM A FICAR SEMPRE DEPOIS DAS AULAS PARA RESOLVER OS PROBLEMAS DE MATEMÁTICA JUNTOS.

LUCA ESTAVA SE TORNANDO CONFIANTE GRAÇAS A GUILHERME e, às vezes, ele mesmo explicava alguns exercícios para seus colegas de sala. Pouco a pouco, as discussões sobre as tarefas passaram a se tornar conversas sobre os lançamentos de jogos, as últimas leituras e as últimas novidades da escola.

Os dois vizinhos de carteira tinham se tornado os melhores amigos! Não se encontravam apenas alguns minutos após as aulas, mas também brincavam juntos no pátio do recreio com todas as outras crianças.

Quando a senhora Marília percebeu que Luca estava muito melhor e como os outros colegas se davam bem com ele, disse:

— ESTOU MUITO ORGULHOSA DE VOCÊS DOIS. GUILHERME, VOCÊ FOI UM GRANDE EXEMPLO DE BONDADE E SOLIDARIEDADE. LUCA, VOCÊ SE ESFORÇOU BASTANTE E MOSTROU SUA DETERMINAÇÃO. ESTOU MUITO FELIZ EM VÊ-LOS TÃO PRÓXIMOS UM DO OUTRO.

Luca sorriu e agradeceu:
— Obrigado, professora. Eu não teria conseguido sem a ajuda do Guilherme.

Guilherme também sorriu e afirmou:
— Não foi nada, estou feliz por poder ajudá-lo.

Guilherme e Luca formavam uma excelente dupla e se divertiam aprendendo juntos. Luca também entendeu que não era o único que tinha medo de interromper a aula para pedir uma explicação. Ele percebeu que outros estudantes sentiam os mesmos medos e dificuldades que ele. Então, ele e seu amigo decidiram organizar um grupo de estudos para estudantes com dificuldades.

Guilherme estava muito feliz em ter um amigo como Luca e se orgulhava de tê-lo ajudado a se sentir melhor. Ele entendera como era importante ajudar os outros.

Por sua vez, Luca compreendeu que não tinha que ter medo de pedir ajuda. A escola é um lugar que todos vamos para aprender. E não importa se você não sabe: se você se esforçar e tentar entender, sem copiar o dever dos outros, você aprenderá.

Entenda que esse também é um lugar de cooperação e que você pode ajudar um colega que esteja passando por dificuldades sempre que tiver a oportunidade.

COOPERAÇÃO

Cooperação significa ajudar uns aos outros.
Pode ser ajudar alguém a fazer uma tarefa ou a entender algo.

O que você acha que pode fazer para ajudar os demais?
_____
_____
_____

O NOVO ALUNO

O sol brilhava naquela manhã de segunda-feira, e como já era rotina das crianças, elas caminhavam tranquilamente para a escola, aproveitando o lindo dia naquela cidade do interior.

Esse caminho, que era percorrido todos os dias por dezenas de alunos para chegar à aula, seria pela primeira vez percorrido por MATEUS, UM MENINO QUE ACABARA DE SE MUDAR COM SEUS PAIS. Sua família tinha deixado a cidade grande para se estabelecer e morar ali, pois seu pai tinha encontrado um novo trabalho como vendedor de carros na região e havia decidido comprar uma casa para se afastar do barulho e da contaminação das grandes cidades.

Portanto Mateus tinha tudo para ser feliz nesse lugar, com um quarto maior e um jardim grande para brincar. Poderia aproveitar os parques e a natureza que o cercava, bem pertinho de seu novo lar.

O único problema era que as aulas já tinham começado. Mateus teria que fazer novas amizades, já que havia deixado todos os seus antigos colegas e seu melhor amigo, Diego.

Sendo assim, ele teria que se adaptar a uma nova escola, a um novo professor e a novos colegas. A situação poderia ser incômoda para outras pessoas, mas Mateus era "um bom menino", e não havia "nenhum motivo para que não encontrasse novos amigos assim que chegasse". Foi o que sua mãe tinha dito pelo telefone à diretora de sua nova escola. Ela sabia que não era fácil se mudar no meio do ano letivo. Mas ela estaria por perto para apoiar seu filho nesse processo.

Em uma segunda-feira, pela manhã, foi ela quem acompanhou Mateus a sua nova escola, para ajudá-lo a se sentir mais seguro.

O PRIMEIRO DIA DE AULA DE MATEUS SERIA MUITO EMOCIONANTE. ELE PAROU EM FRENTE AO PORTÃO PRINCIPAL DA ESCOLA E OLHOU AO REDOR, COM OS OLHOS CHEIOS DE ESPERANÇA, MAS TAMBÉM DE ANSIEDADE. ELE ESTAVA BASTANTE NERVOSO, MAS MUITO CURIOSO PARA VER COMO SERIAM OS NOVOS COLEGAS E PROFESSORES.

O sinal tocou, e Mateus rapidamente foi para a sala de aula. Então ele esperou que todos os demais alunos se sentassem para encontrar uma carteira que estivesse livre. Ele ficou sozinho em uma carteira dupla, no fundo da sala.

O professor se levantou e começou a falar. Ele era alto, tinha barba, usava óculos e passava uma impressão séria e inteligente.

Ele se apresentou e pediu a Mateus que se levantasse e se apresentasse. Mateus ficou de pé e explicou que era novo, que vinha de uma cidade grande, e que aquele era seu primeiro dia de aula. O professor sorriu e pediu aos demais alunos que dessem as boas-vindas a Mateus. Todos obedeceram e deram as boas-vindas ao mesmo tempo.

O professor começou a aula, e Mateus procurou prestar atenção e anotar todos os temas importantes. Alguns alunos de vez em quando observavam o novo aluno. Havia aqueles que cochichavam, e Mateus sabia que estavam falando dele. Mas tentou manter o foco, sem encarar ninguém, porque não queria que eles o interpretassem mal.

O sinal do recreio tinha acabado de tocar. As primeiras duas horas de aula passaram muito rápido. Agora seria a hora da verdade para Mateus. Será que os outros garotos

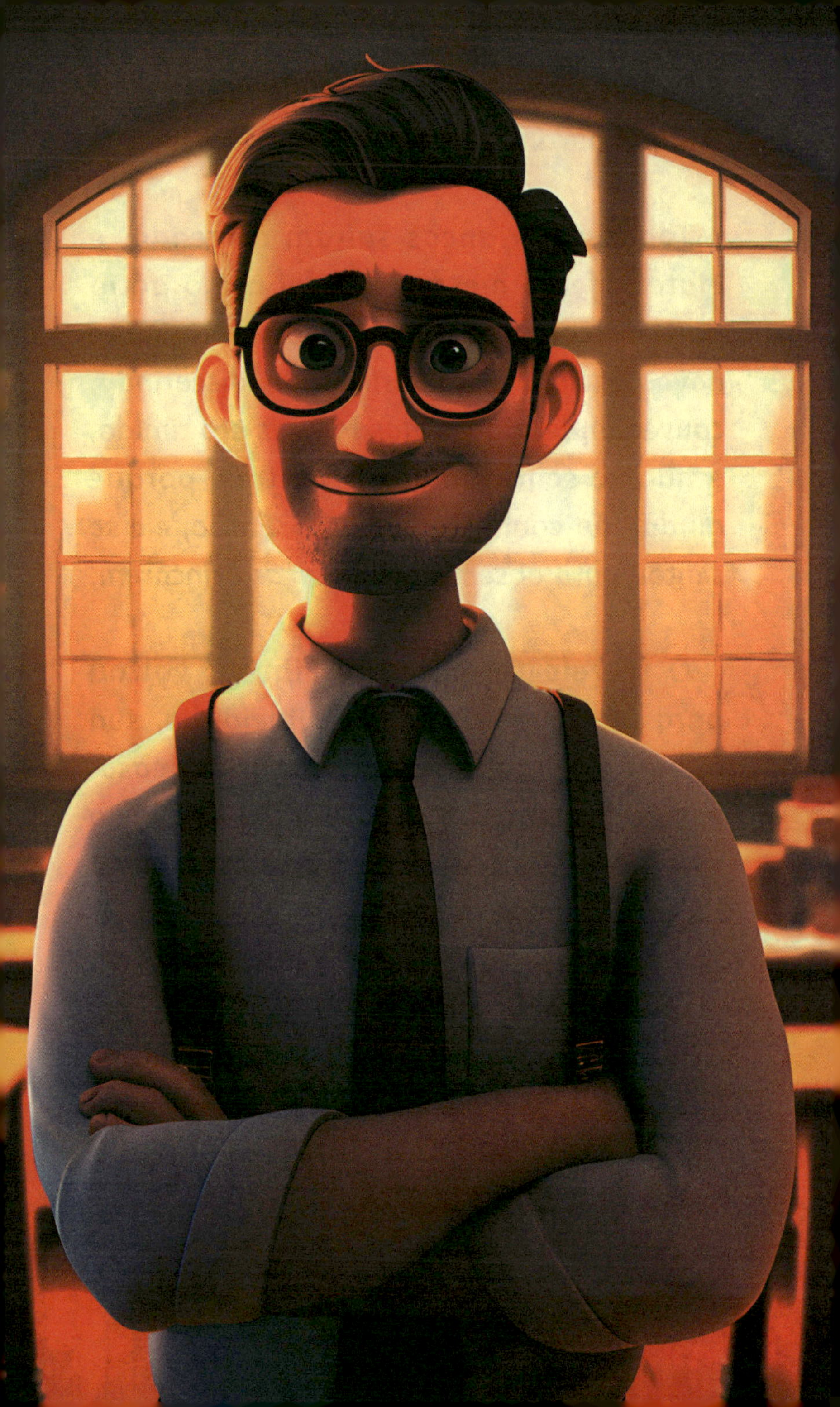

falariam com ele? Será que ele faria novos amigos durante o recreio?

Todas as crianças saíram correndo, e Mateus fez o mesmo. Ele foi até o pátio para descobrir um mundo completamente novo. Havia crianças brincando, discutindo, conversando, rindo. Mas Mateus era tímido, e não se sentia muito à vontade porque ainda não conhecia ninguém. Então, ele se sentou para observar as crianças brincarem.

O recreio terminou, e Mateus voltou para seu lugar na sala. Ao meio-dia, sua babá foi buscá-lo para almoçar em casa. À tarde, quando voltou para a escola, o menino se sentou novamente no mesmo lugar no fundo da sala.

QUANDO O SINAL DO RECREIO DA TARDE TOCOU, MATEUS DECIDIU FICAR NO CORREDOR, JÁ QUE NÃO TINHA COM QUEM CONVERSAR E SENTIA FALTA DE SEUS ANTIGOS AMIGOS.

Ele começava a se perguntar por que haviam se mudado para aquele lugar onde todos pareciam se conhecer, mas ele não conhecia ninguém. O garoto sentiu muita tristeza e solidão.

Mas Mateus sabia que tinha que ser forte. Então ele tirou um pequeno papel do bolso, no qual estava escrito um bilhete. Esse bilhete era de seu melhor amigo, Diego, que lhe escrevera antes de ele partir.

NÃO SE ESQUEÇA DE QUE VOCÊ É UM MENINO INCRÍVEL, MATEUS. COM CERTEZA, NÃO SERÁ FÁCIL ENCONTRAR UM MELHOR AMIGO COMO EU. MAS VOCÊ É UMA PESSOA BACANA E FARÁ MUITAS AMIZADES. QUANDO EU FOR TE VISITAR, NÓS IREMOS JOGAR FUTEBOL E VAMOS PRECISAR DE MUITOS COLEGAS PARA O TIME; ENTÃO, CONTO COM VOCÊ PARA QUE ENCONTRE VÁRIOS NOVOS AMIGOS.

Mateus ficou pensativo, observando o bilhete por alguns minutos. Um dos meninos de sua classe, Fernando, o viu sentado no corredor quando passou. Rapidamente contou aos colegas que o novo aluno tinha ficado sozinho. Todos deixaram de lado o que faziam para dar uma espiada pela porta do corredor em direção a Mateus.

Então Fernando perguntou a seus colegas:

— O que acham do novo aluno?

Marlene, que era a bagunceira da sala, disse:

— Ele é muito estranho! Desde que chegou, hoje cedo, não falou com ninguém. Além disso, ele veio de uma cidade grande. Com certeza se acha superior a nós, e por isso não falou com a gente.

Outro menino respondeu:

— Você acha mesmo? Já que é assim, deveríamos fingir que ele não existe. Vamos ignorá-lo também!

Isso fez com que o restante das crianças começasse a murmurar em concordância, e cada um fazia um pequeno comentário. Alguns até chegaram a sugerir ideias de como agir para que Mateus não se sentisse bem-vindo.

MATEUS, QUE ESCUTOU TUDO DO CORREDOR, SENTIU SEU CORAÇÃO SE PARTIR AO OUVIR ESSAS PALAVRAS TÃO DIFÍCEIS. QUERIA CHORAR, MAS CONTEVE AS LÁGRIMAS.

Foi Fernando quem resolveu pensar diferente:

— Não acho que deveríamos fazer nada disso. Deveríamos dar a ele uma oportunidade e conhecê-lo.

Todos o olharam com os olhos bem abertos e as sobrancelhas levantadas, bastante surpresos. Ele continuou dizendo:

— A gente deve puxar papo com ele, isso sim, e ver se temos algo em comum.

As outras crianças hesitaram por um momento antes de finalmente concordar. Foram até Mateus e começaram a fazer perguntas. A princípio, Mateus se sentiu bastante tímido para responder, e não falou muito. Mas, à medida que a conversa avançava, e com todos os alunos dispostos a fazer perguntas e se interessar por ele, Mateus começou a se abrir.

Ele disse quais eram suas matérias escolares, seus esportes e passatempos favoritos. Também falou sobre sua família e por que tinha se mudado para aquela pequena cidade.

PARA SURPRESA DOS GAROTOS, ELES DESCOBRIRAM QUE MATEUS E FERNANDO TINHAM UM INTERESSE EM COMUM: ELES GOSTAVAM DE JOGAR OS MESMOS JOGOS DE VIDEOGAME.

As outras crianças da sala estavam encantadas. Elas nunca tinham visto Fernando tão feliz por conversar com alguém.

Esse interesse em comum os aproximou muito nos dias seguintes e, rapidamente, os garotos se tornaram amigos. Depois de algumas semanas, a sala inteira estava falando, rindo e brincando com Mateus.

Eles descobriram que, na verdade, Mateus era muito gentil e que não deveriam tê-lo julgado antes de conhecê-lo.

Mateus estava tão feliz por ter sido aceito por seus colegas de sala! Deixara de ser um estranho para se tornar popular. Não era mais o garoto tímido e assustado dos primeiros dias, e agora era uma parte fundamental do grupo.

A AMIZADE ENTRE MATEUS E FERNANDO SE FORTALECIA A CADA DIA. Tornou-se comum ficarem depois da escola para brincar juntos e compartilhar histórias. As outras crianças da sala os consideravam um exemplo de como é possível encontrar interesses em comum e ser amigo de qualquer pessoa.

Já era início de julho, e a época de férias estava prestes a começar. Diego, o melhor amigo de Mateus, foi visitá-lo. Ele conheceu Fernando e várias outras crianças. Elas, que no passado poderiam ter julgado Diego

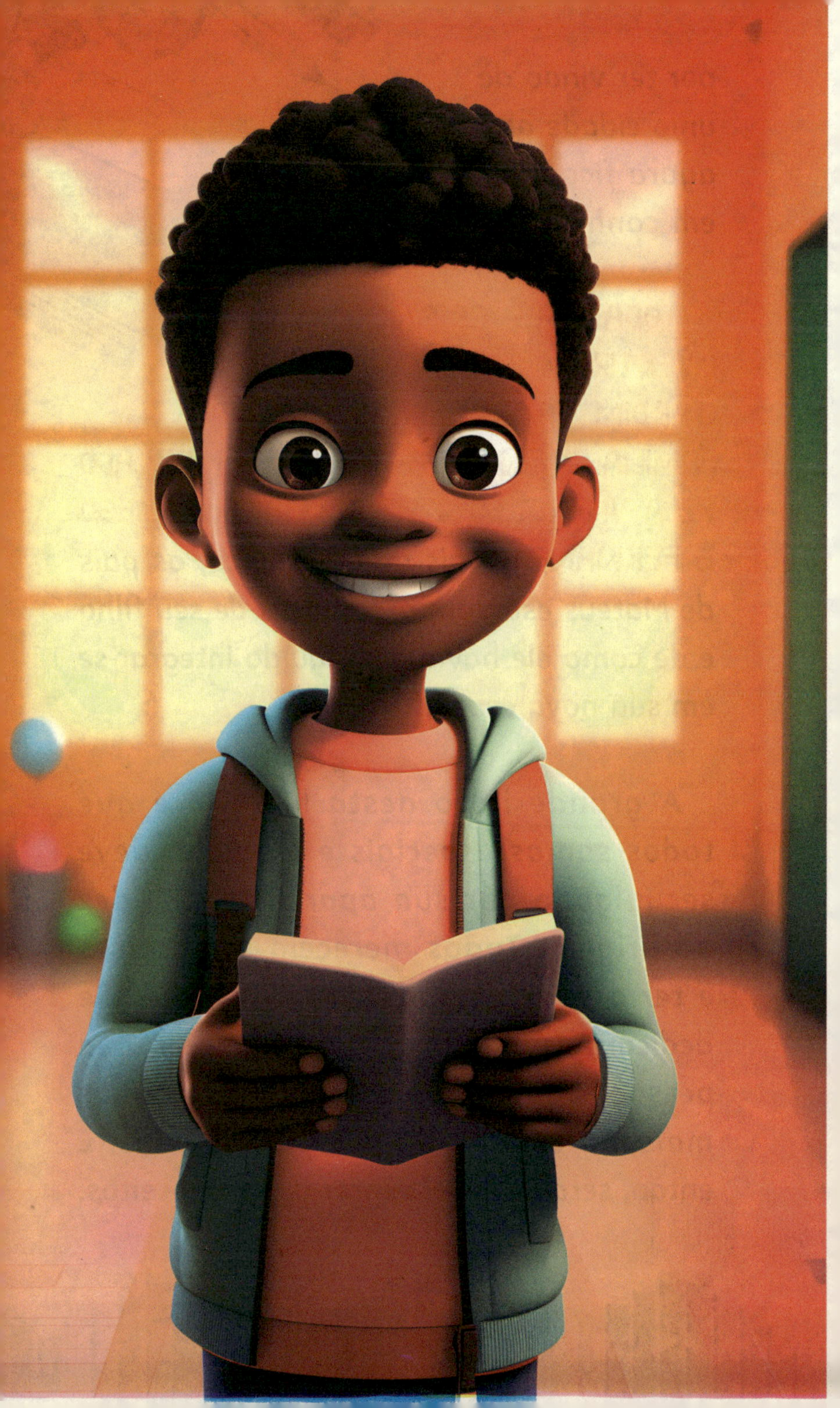

por ter vindo de uma cidade grande, agora ficaram felizes em conhecê-lo.

TODAS AS CRIANÇAS SE DIVERTIRAM JOGANDO BOLA NO JARDIM DA GRANDE CASA DA FAMÍLIA. O FINAL DA TARDE FOI MARCADO PELA VITÓRIA DO TIME DE MATEUS, DIEGO E FERNANDO. Mais do que nunca, os pais de Mateus estavam orgulhosos de seu filho e de como ele havia conseguido integrar-se em sua nova escola.

A grande lição desta história é que todos somos especiais e ninguém deve ser julgado por sua aparência, timidez ou origem. Todos merecem ser aceitos e ter a oportunidade de ser ouvidos. Se dedicarmos um tempo para conhecer uma pessoa, poderemos descobrir que temos mais em comum do que pensávamos. E então, será possível vencer os preconceitos.

ACEITAR AS OUTRAS PESSOAS

Aceitar é respeitar os outros, tratá-los com gentileza e amá-los apesar das diferenças. Isso é muito importante, porque todos somos únicos e temos que aprender a respeitar essa diversidade.

E você, como acha que podemos aprender a aceitar melhor as outras pessoas?

_____
_____
_____
_____

VALENTINA
TEM MEDO DO ESCURO

VALENTINA ERA UMA MENINA APAIXONADA POR AVENTURA, COM UMA CURIOSIDADE ILIMITADA, QUE VIVIA EM BUSCA DE NOVAS EXPERIÊNCIAS.

Às vezes ela explorava seu próprio jardim ou viajava para terras distantes, imaginando histórias de piratas ou caubóis. Porém, apesar de ter um espírito aventureiro, HAVIA UMA COISA QUE A ASSUSTAVA MUITO: O ESCURO.

Por mais que Valentina tentasse, ela não conseguia se livrar do medo do escuro. Todas as noites, em sua cama, ela acordava se sentindo sozinha e assustada. Valentina ficava ali deitada, paralisada pelo medo, até o amanhecer. Isso fazia com que ela se sentisse sempre cansada, e seus pais se preocupavam com a situação.

Esse medo do escuro perseguia Valentina desde o dia em que seus colegas de sala contaram histórias de monstros e fantasmas que ficavam à espreita na escuridão. Essas histórias não saíam da mente de Valentina e, cada vez que chegava a hora de dormir, ela começava a chorar e implorava para que os pais deixassem as luzes acesas.

SUA MÃE ENCONTROU UMA SOLUÇÃO TEMPORÁRIA: DEIXAVA UM PEQUENO ABAJUR ACESO PARA AJUDÁ-LA A DORMIR COM MAIS FACILIDADE. MAS SABIA QUE ISSO NÃO RESOLVERIA O MEDO DE ESCURO DE UMA VEZ POR TODAS.

Certo dia, ela decidiu levá-la ao psicólogo da escola, que perguntou a Valentina por que ela tinha tanto medo de escuro. Valentina lhe contou as histórias que havia escutado de seus colegas de sala. Também falou sobre os pesadelos que tivera.

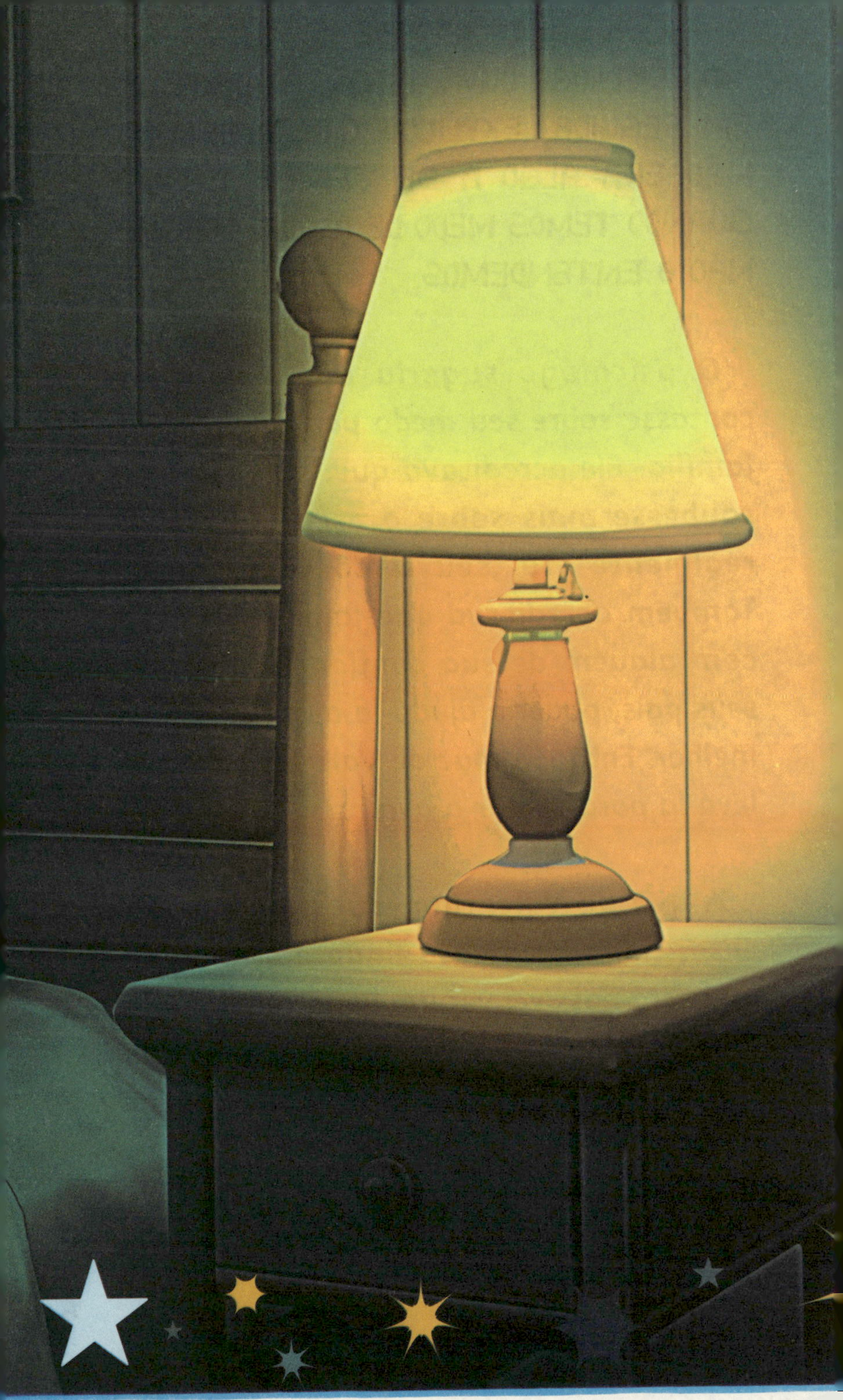

O PSICÓLOGO OUVIU ATENTAMENTE E, EM SEGUIDA, EXPLICOU QUE O ESCURO NÃO ERA ALGO A SE TEMER. E QUE QUANDO TEMOS MEDO DE ALGO É PORQUE NÃO O ENTENDEMOS.

O psicólogo sugeriu que Valentina contasse sobre seu medo para alguém da família. Ele acreditava que, se Valentina soubesse mais sobre o escuro e o que realmente era, seu temor diminuiria. Também acreditava que falar sobre isso com alguém de sua confiança, além de seus pais, poderia ajudá-la a compreender melhor. Então, a mãe de Valentina decidiu levá-la para visitar a avó.

A avó de Valentina, que se chamava Elisa, tinha uma casa linda e grande de onde era possível ver um lindo céu à noite. Era uma mulher que havia visto muitas coisas durante sua vida. Ao chegar à casa da avó, Valentina sempre tinha biscoitos quentinhos recém-saídos do forno a sua espera. Somente Elisa podia fazer os biscoitos porque era a única que conhecia a receita secreta.

Assim, a mãe de Valentina a deixou na casa da avó. Ela se acomodou no sofá para comer seus biscoitos, e a avó se sentou a seu lado, dizendo:

— E ENTÃO, MINHA PRINCESA, ME CONTE O QUE ESTÁ ACONTECENDO.

Valentina explicou seu problema:

— Vovó Elisa, tenho medo de escuro. Logo que as luzes se apagam completamente, eu me sinto insegura porque não posso ver o que está ao meu redor. Eu odeio a noite!

Ela então respondeu a Valentina que a escuridão e a noite *fazem* parte da vida na Terra há milhares de anos.

— Os seres vivos precisam tanto do dia e de sua luz para crescer como da noite para poder descansar com calma e serenidade. É algo de que todos precisamos. A escuridão é uma parte importante do ciclo da vida, e é necessária para que as coisas cresçam — disse a avó.

Ela também lhe contou histórias sobre a beleza da escuridão e das estrelas cintilantes no céu noturno, e como na antiguidade os homens e as mulheres as usavam para se orientar no escuro.

A escuridão estava cheia de mistério, por isso era tão linda.

VALENTINA COMEÇAVA A SE SENTIR MENOS ASSUSTADA E MAIS CURIOSA A RESPEITO DA ESCURIDÃO. ELA DISSE A SI MESMA QUE SE MILHÕES DE PESSOAS E ANIMAIS HAVIAM VIVIDO ENTRE O DIA E A NOITE, ENTÃO ELA TAMBÉM NÃO DEVERIA TEMER, MAS SIM USAR ISSO COMO UMA FORÇA. FOI QUANDO VALENTINA DECIDIU QUE SAIRIA À NOITE E EXPLORARIA DA MESMA FORMA QUE GOSTAVA DE FAZER DURANTE O DIA.

Assim, certa noite, com a autorização da avó, ela se aventurou pelo jardim quando estava tudo escuro.

Olhou as estrelas, depois a lua. E se sentiu muito calma.

Valentina ainda se sentia um pouco assustada, mas estava decidida a seguir em frente.

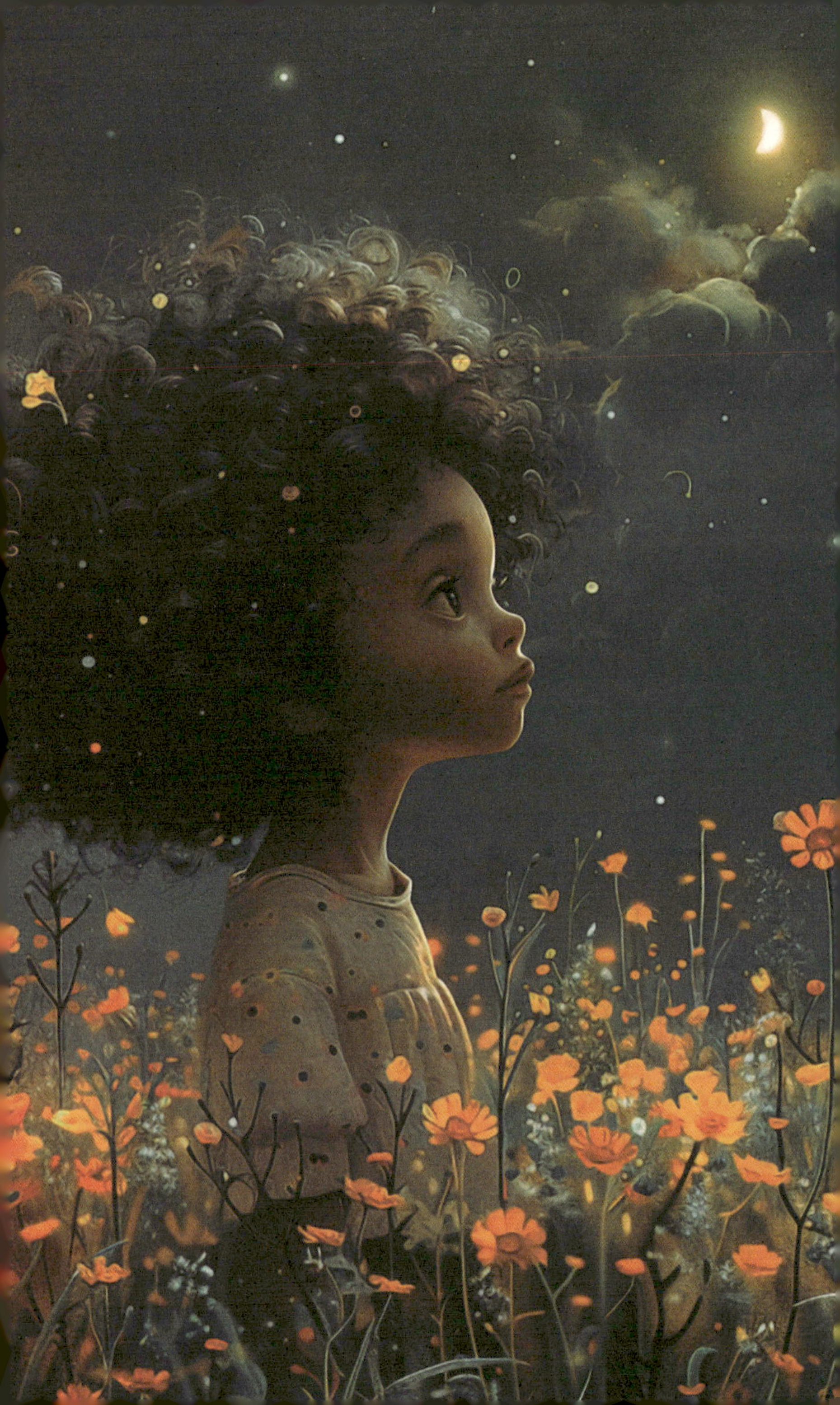

Ela descobriu que quanto mais explorava a escuridão e o céu, menos intenso era o medo. Certa noite, Valentina teve um sonho. Nesse sonho, ela estava parada no meio de um bosque escuro e horripilante.

ESTAVA SOZINHA, MAS SENTIA UMA PRESENÇA PERTO DE SI. DE REPENTE, UMA LUZ FORTE E INTENSA A CERCOU, ILUMINANDO-A, BEM COMO AS ÁRVORES A SEU REDOR. ESSA LUZ ERA MARAVILHOSA, E DAVA A VALENTINA UMA SENSAÇÃO DE PAZ E CONFORTO.

De dentro dessa luz, apareceu um cervo grande e majestoso. O animal estava iluminado pela luz intensa, e Valentina o admirou quando ele ergueu a cabeça, e seus chifres se empinaram em direção ao céu. O cervo se aproximou de Valentina, olhando-a com uma expressão gentil e amorosa, e lhe disse:

— Agora eu já sou um cervo grande que você pode ver no bosque. Mas, quando eu era pequeno, precisei de luz e escuridão para poder crescer.

Valentina estendeu a mão, mas mal teve tempo de acariciá-lo, pois o grande cervo começou a saltar entre as árvores da floresta, deixando um rastro de luz atrás de si.

Em seguida, aconteceu mais uma coisa no sonho de Valentina. Foi a aparição de um lobo branco. O animal era magnífico, e seus olhos brilhavam na noite. Ele se aproximou de Valentina e começou a falar com uma voz calma e tranquilizadora:

— Eu sei o que é sentir medo, faz parte do nosso instinto animal. Mas você não pode permitir que o medo a domine. Você é uma menina forte e corajosa. Nós, lobos, vivemos durante milênios à noite e aprendemos a domar nossos temores.

VALENTINA ESTAVA SURPRESA E COMOVIDA PELAS PALAVRAS DO LOBO. ELE UIVOU E APONTOU SEU FOCINHO EM DIREÇÃO AO CÉU.

A MENINA ACOMPANHOU O GESTO COM O OLHAR E VIU A LUA CHEIA. ELA ERA LINDA, MAJESTOSA E PROPORCIONOU À VALENTINA UMA SENSAÇÃO DE PODER.

ELA VOLTOU A BAIXAR A CABEÇA E DEU DE CARA COM UM NOVO ANIMAL.

Era uma ave grande e nobre. Suas asas pareciam se mover sob a luz brilhante. Ela estava diante de Valentina e a observava com uma expressão séria e intensa. Ela disse à menina deveria continuar explorando e vendo o mundo sob outra perspectiva, como se ela fosse uma águia. Valentina ficou muito impressionada com o animal e entendeu que tinha que aprender a ver a noite e a escuridão de outra maneira.

Apareceu um quarto personagem, vestido com uma capa branca. O ser estava cercado por uma luz poderosa e cintilante, dando a impressão de ter muita sabedoria. Ele se aproximou de Valentina e disse com muito carinho que ela precisava encontrar sua força interior para seguir em frente e superar os obstáculos. Valentina se emocionou com essas palavras e sentiu-se mais confiante.

APESAR DA ESCURIDÃO, ELA ESTAVA A SALVO NAQUELE LUGAR. SENTIA QUE PODERIA FAZER O QUE QUISESSE, NÃO IMPORTANDO O QUÃO DIFÍCIL PARECESSE.

Na manhã seguinte, Valentina acordou se sentindo CORAJOSA. Mal podia esperar que a noite chegasse para que pudesse mirar as estrelas e explorar a escuridão.

Ela não tinha mais medo do escuro; ao contrário, decidira que, dali em diante, o usaria a seu favor.

A menina se levantou da cama e foi correndo procurar a avó Elisa, que estava na cozinha, preparando pães com geleia para o café da manhã.

— Vovó Elisa, você não vai adivinhar o que aconteceu essa noite! Não tenho mais medo do escuro!

Ela contou seu sonho em detalhes, a aparição do grande cervo, do lobo, da águia e, por fim, do ser de luz. Vovó Elisa ficou muito surpresa e parabenizou a neta. Valentina estava tão feliz por ter superado seu medo! Ela agradeceu à avó por tê-la ajudado a compreender a escuridão.

Quando Valentina chegou em casa, a mãe adorou ver a menina tão contente. Ela disse à filha que estava orgulhosa dela por enfrentar seu temor.

À noite, quando chegou a hora de dormir, a mãe a levou até a cama, e a menina pediu para dormir com o abajur desligado. Tudo isso para mergulhar na escuridão e poder viver novas aventuras em seus sonhos.

A partir desse dia, Valentina nunca mais teve problemas para dormir. E quando na escola contavam histórias sobre fantasmas e monstros, ela não se assustava mais, pois sabia que era apenas a imaginação das pessoas. E quanto a sua própria imaginação, ela descobriu que uma vez imersa na escuridão, poderia viver experiências incríveis, repletas de aventuras.

A grande lição dessa história é que não há problema em sentir medo. Assim como Valentina, nós imaginamos monstros escondidos no escuro, debaixo de nossa cama. Mas quando olhamos para baixo, vemos que não há monstros, que é só nossa imaginação nos pregando uma peça. Superar os medos é importante para nos ajudar a crescer, ser mais fortes e continuar sonhando.

AUTOCONFIANÇA

> Confiar em si mesmo é saber que você pode lidar com as coisas. É importante porque faz você se sentir mais seguro e dá forças para tentar coisas novas e superar seus medos.

Como você acha que a autoconfiança o torna mais forte?

_____
_____
_____
_____

JOÃO,
E OS PEQUENOS FURTOS

Era o começo de um novo ano letivo para João, no terceiro ano do ensino fundamental. João sabia que ia ter dificuldades em encontrar os mesmos colegas de sala do ano anterior. **ERA UM MENINO BARULHENTO E REBELDE, QUE SEMPRE CAUSAVA PROBLEMAS ÀS OUTRAS PESSOAS.** Conversava o tempo todo, jogava bolinhas de papel e culpava seus colegas quando era descoberto. Como João era mais alto que as outras crianças de sua idade, todas tinham medo dele, e ninguém se atrevia a falar nada. Não era o típico estudante que se dava bem com todos.

JOÃO CONSEGUIA ATÉ MESMO INFLUENCIAR ALGUMAS CRIANÇAS PARA QUE PARTICIPASSEM DE SUAS TRAVESSURAS. Geralmente, andava com um pequeno grupo de garotos que se comportavam como ele. Muitas vezes causavam brigas na sala de aula e nos corredores. Os professores de João faziam todo o possível para controlá-los, mas ele e seus amigos sempre passavam dos limites. Durante a reunião de pais e mestres do ano anterior, os professores avisaram seus pais que ele não estaria mais na mesma sala que as outras crianças bagunceiras, para evitar que essas atitudes se repetissem.

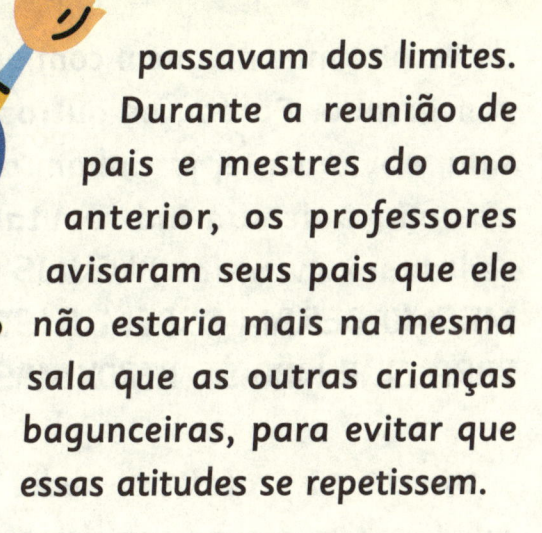

Sendo assim, ele sabia que seria separado de seus cúmplices. E seus pais foram bem claros com ele. Esse ano ele não deveria cometer mais erros, nem conviver com aquelas crianças. **TAMBÉM TINHAM DECIDIDO CASTIGÁ-LO: NÃO COMPRARIAM MAIS BRINQUEDOS PARA JOÃO SE SEU COMPORTAMENTO NÃO MELHORASSE.**

Então essa era a nova situação de João: estudar em uma classe na qual conhecia poucos alunos. Havia alguns rostos conhecidos, que ele já tinha visto no pátio da escola, mas ninguém com quem tivesse conversado. Porém, os outros alunos da sala, obviamente, já tinham ouvido falar de João e de sua má reputação. Todos tentavam evitá-lo. **ALGUNS PAIS ATÉ MESMO DERAM ORDEM A SEUS FILHOS PARA QUE NÃO SE APROXIMASSEM DELE.**

Um dia, a professora pediu aos alunos que fizessem alguns exercícios de tabuada. João, como de costume, começou a gritar e interromper a aula. A professora teve que chamar sua atenção várias vezes até que João finalmente se acalmasse. Quando o sinal do recreio tocou, ela foi até a carteira de João e viu que ele não tinha anotado um único número em seu caderno. Então, ela exigiu que ele ficasse na sala durante o recreio para terminar seus exercícios.

Mais uma vez, João passara dos limites; ele não entendia que seu comportamento não era normal. Sentia-se mal cada vez que era castigado, mas se metia em problemas o tempo todo porque se achava mais forte e inteligente que os outros.

Enquanto João terminava (ou melhor, começava) seu dever, uma das alunas da classe chamou sua atenção. Era Gabi, que guardava suas coisas na mochila antes de sair para o recreio. João a viu pendurar a mochila no ombro e sair pela porta.

João sentiu certa inveja de Gabi. Ela também havia se mudado de sala naquele ano, mas fizera amigos rapidamente e com facilidade. Ele tentara fazer o mesmo, mas não dera certo.

POR SER TÃO CURIOSO E SEM NOÇÃO, JOÃO DECIDIU XERETAR NAS COISAS DA MENINA PARA VER O QUE ENCONTRAVA.

A professora o deixara sozinho na sala de aula por um instante, e ninguém descobriria sua pequena travessura. Ele se levantou e foi até o armário de Gabi para ver o que achava. Havia várias folhas de lições, uma lista com os nomes dos meninos mais bonitos da sala e outras coisas que as meninas costumam ter em seus armários. João enfiou a mão até o fundo e tocou em algo que parecia conhecido... era um minigame!

De repente, ele ouviu passos no corredor — a professora estava voltando. Rápido, João voltou para seu lugar sem ter tido tempo de ver em detalhes qual era o minigame.

— E então, João, já resolveu seus exercícios de tabuada? – perguntou a professora.

Pelo visto, ela não percebera que João saíra do lugar durante sua ausência, e ele suspirou, aliviado. O sinal tocou, e a aula foi retomada normalmente minutos depois.

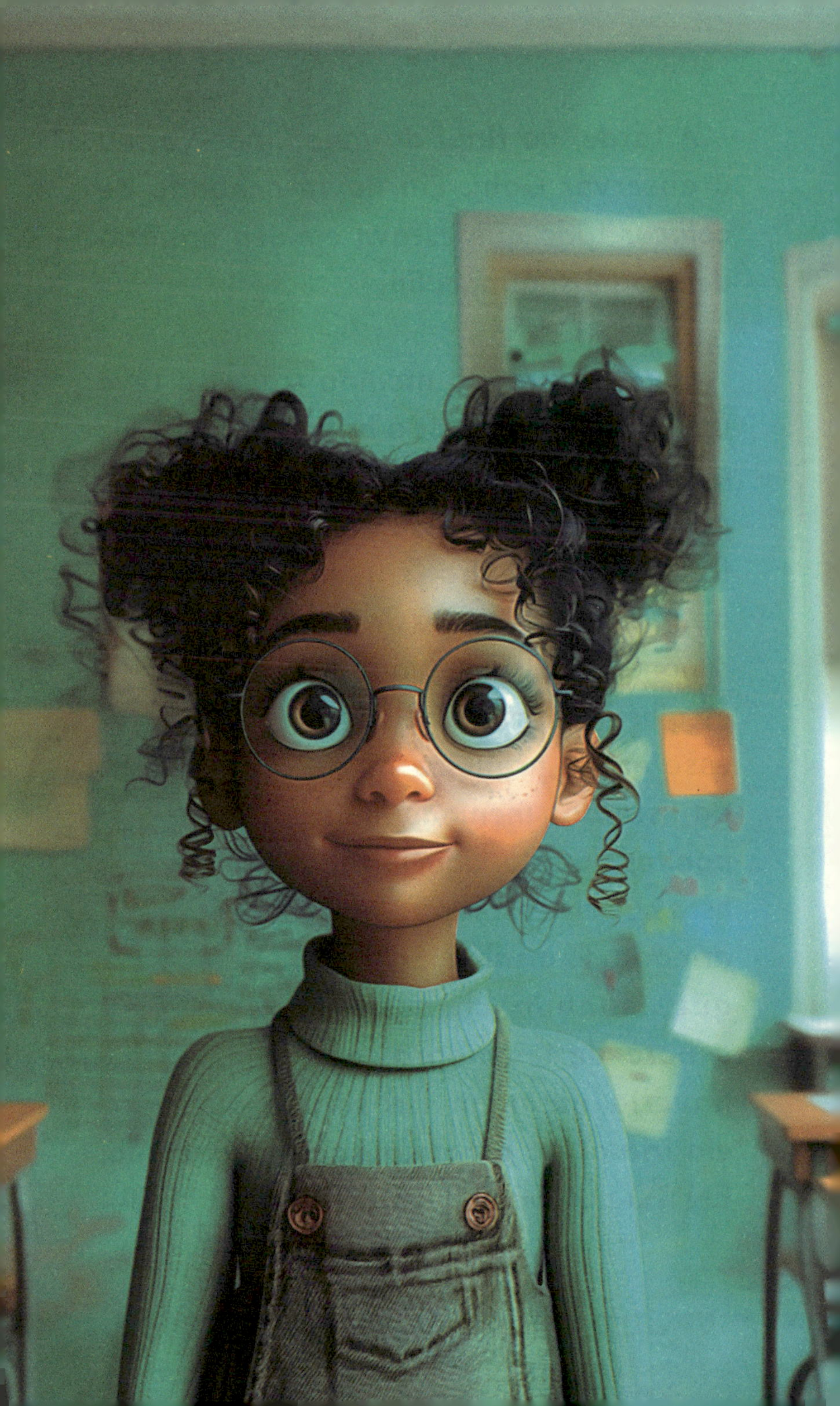

À tarde, no final da aula, João voltou a observar Gabi. Ela havia acabado de colocar tudo que estava em seu armário dentro de sua mochila.

Foi então que o menino travesso teve uma ideia para pegar o brinquedo dela. Ele decidiu colocar um bilhete em seu armário, pedindo que ela fosse até o corredor em frente ao banheiro feminino, logo após a aula. Ele assinou com o nome "Rodrigo". João não escolheu esse nome ao acaso: esse era o primeiro nome da lista dos meninos mais bonitos da sala, aquela tal lista que ele encontrara no armário da menina. Sabia que, quando chegasse a hora de ir embora, não haveria ninguém na sala e que ela iria até o corredor para encontrá-lo. **ENTÃO ELE SE APROVEITARIA PARA PEGAR**

O MINIGAME QUE ELA COLOCARA NA MOCHILA.

João esperou o sinal da tarde tocar, pegou suas coisas e saiu correndo da sala, seguindo discretamente Gabi pelo corredor. Quando chegou a seu destino, João, com todo o cuidado, se aproximou por trás dela sem chamar a atenção, e assim, pegou a mochila que ela havia acabado de deixar no chão.

Gabi se virou quando ouviu passos, mas já era tarde. Antes que ela pudesse ver quem roubara sua mochila, João já estava no outro corredor, e andava rápido demais para que ela pudesse alcançá-lo.

João saiu correndo da escola, segurando com força as alças da mochila. Quando se encontrava a uma distância segura, ele a abriu. DENTRO DELA, FINALMENTE, ENCONTROU O QUE PROCURAVA: O MINIGAME MAIS RECENTE, QUE ELE QUERIA FAZIA MUITO TEMPO, MAS QUE SEUS PAIS SE RECUSARAM A COMPRAR POR CAUSA DE SEU MAU COMPORTAMENTO. João não podia acreditar que estava com o minigame de uma das alunas mais populares da escola. Ele sabia que era errado, e mesmo assim se sentia orgulhoso.

JOÃO DEIXOU A MOCHILA DE GABI PERTO DA ENTRADA DA ESCOLA E LEVOU O BRINQUEDO PARA CASA. Ele o escondeu em seu quarto, sabendo que seus pais ficariam furiosos se descobrissem. Claro que não devia tê-lo pegado, mas achou que seria apenas um empréstimo e que o devolveria quando tivesse oportunidade.

No dia seguinte, ao ir para a escola,

João se sentia culpado pelo que havia feito, e um nó se formara em seu estômago. Não esperava se dar bem; tinha certeza de que Gabi descobriria quem roubara sua mochila. Mas, quando chegou à escola, ficou aliviado porque ela não comentou nada.

DURANTE AS PRÓXIMAS SEMANAS, JOÃO MANTEVE O BRINQUEDO ESCONDIDO EM SEU QUARTO. AINDA SE PERGUNTAVA SE GABI NÃO DESCOBRIRIA QUE TINHA SIDO ELE.

Porém, com o passar do tempo, João não se sentiu mais culpado. Ele disse a si mesmo que Gabi era muito popular e não se preocuparia com o brinquedo, e que provavelmente estava muito ocupada para sentir falta dele. Ele se sentiu tão confiante que até mesmo começou a jogar o minigame no pátio da escola, esquecendo o que tinha feito para consegui-lo.

NO ENTANTO, ESSE COMPORTAMENTO LOGO COLOCARIA JOÃO EM GRANDES PROBLEMAS DOS QUAIS ELE NEM SUSPEITAVA.

Um dia, quando jogava o minigame no pátio da escola, Gabi passou ao lado de João com outro menino. Ela parou por um instante e olhou o brinquedo em suas mãos.

— Ei, João, por acaso esse minigame que você está jogando não é meu?

João, muito surpreso, respondeu:

— Imagina, meus pais me deram como prêmio por meu bom comportamento. Não fala bobagem!

Gabi, então, lhe mostrou que na parte posterior do brinquedo seu nome estava escrito com uma caneta permanente. Em seguida, o menino que acompanhava Gabi pigarreou. Ele era maior, mais forte e pelo menos dez centímetros mais alto que João. E começava a fulminá-lo com o olhar. Esse menino, que era o irmão mais velho de Gabi, arrancou o minigame das mãos de João e disse:

— Você vai se dar mal!

De repente, João começou a se sentir péssimo. Outra vez um nó se formou em seu estômago, e ele suava frio. Ele nunca se sentira tão assustado em toda a sua vida. Afinal, fora pego de surpresa, e não podia fugir porque estava diante de uma pessoa muito mais forte que ele!

— Por favor, não me bata! – João implorou ao outro menino, com lágrimas nos olhos.

Então, Gabi disse:

— NÃO VAMOS BATER EM VOCÊ, JOÃO! MAS VAMOS AGORA MESMO PARA A SALA

DO DIRETOR, E VOCÊ VAI EXPLICAR TUDINHO PARA ELE!

João agradeceu aos céus, mas a boa sensação durou apenas até chegarem à porta da sala do diretor. Os alunos entraram no recinto, e Gabi começou a explicar a situação. João se viu obrigado a admitir a verdade e a devolver o brinquedo.

Ele estava cheio de arrependimento e culpa. Entendera que era errado pegar algo que não lhe pertencia, e ficara envergonhado de si mesmo. João entendera que, quando fazemos algo de errado na vida, sempre somos descobertos.

QUANDO O DIRETOR SOUBE O QUE ACONTECERA, DEU UMA BRONCA SEVERA EM JOÃO. O MENINO SE DESCULPOU COM GABI POR TER ROUBADO O MINIGAME DE SUA MOCHILA. A MENINA ACEITOU SEU PEDIDO DE DESCULPA, MAS AINDA ESTAVA BRAVA E DECEPCIONADA COM ELE. GABI

DEIXOU BEM CLARO QUE JOÃO A HAVIA DECEPCIONADO E QUE NÃO CONFIARIA MAIS NELE.

João se sentiu péssimo, mas sabia que merecia. Tinha aprendido uma valiosa lição e jurou para si mesmo que nunca mais faria algo desse tipo. Entendeu que, se continuasse agindo dessa forma com os outros alunos, perderia a confiança e a amizade de todos.

A partir desse dia, João decidiu ser mais gentil e honesto com seus colegas de sala. Ele se deu conta de que era melhor ser uma pessoa bacana do que *fazer* algo que machucasse os outros.

E, apesar de sua má reputação, seus pais e as outras crianças notaram uma mudança em seu comportamento. Algumas começaram a se aproximar dele. João chegou até mesmo a fazer alguns amigos para brincar no pátio e depois da escola.

Anos mais tarde, quando João começou o ensino médio, sua má reputação já tinha desaparecido. Ele decidiu continuar sendo uma pessoa honesta e nunca mais fez nenhuma bobagem, porque sabia que tinha dado muita sorte por poder começar do zero e finalmente ter uma vida normal, como todos os meninos de sua idade.

ESSA EXPERIÊNCIA ENSINOU UMA LIÇÃO MUITO IMPORTANTE A JOÃO, E, SENDO ASSIM, ELE MUDOU SUA FORMA DE AGIR E PENSAR PARA SEMPRE. ELE HAVIA COMETIDO ERROS, MAS APRENDEU COM ELES E SE TORNOU UMA PESSOA MELHOR.

HONESTIDADE

Honestidade é falar a verdade e ser sincero com os demais. É importante porque é a melhor maneira de construir relações duradouras e conquistar a confiança das pessoas a seu redor.

O que você pensa sobre a honestidade? É algo que você tenta colocar em prática?

_____
_____
_____
_____

A CHEGADA DE TOM

ERA UMA VEZ DOIS MELHORES AMIGOS, GABRIEL E JÚLIO. OS DOIS ESTUDAVAM NA MESMA SALA E ERAM INSEPARÁVEIS DESDE O PRIMEIRO DIA DO JARDIM DE INFÂNCIA. ELES FAZIAM TODO TIPO DE ATIVIDADE JUNTOS. JOGAVAM VIDEOGAME, BRINCAVAM PELO PÁTIO, INVENTAVAM NOVAS HISTÓRIAS E MUITO MAIS.

Gabriel e Júlio eram meninos brilhantes e inteligentes, gostavam mesmo de estudar. Eles sempre eram os primeiros a se voluntariar para qualquer projeto ou atividade em sala. Eram verdadeiros melhores amigos e sempre estiveram presentes um para o outro.

Em uma manhã de terça-feira, eles chegaram à aula e se acomodaram à mesa dupla que normalmente ocupavam. A aula estava prestes a começar, então a professora se levantou de sua mesa e pediu às crianças que fizessem silêncio.

A sala inteira obedeceu, e ela disse:
— Crianças, quero que deem as boas-vindas a Tom, que será o novo colega de sala de vocês até o fim do ano. Tom, pode entrar, seja bem-vindo.

A porta se abriu e de repente apareceu um menino tímido, de cabelo escuro, que cumprimentou:

— Olá, pessoal. — E foi sentar-se no fundo da sala.

Tom era de outra cidade. Era um tanto tímido e reservado. Gabriel e Júlio estavam curiosos para conhecê-lo e queriam que ele se sentisse bem-vindo. Então, foram falar com ele e se apresentaram.

A PRINCÍPIO, TOM HESITOU UM POUCO EM SE JUNTAR ÀS OUTRAS CRIANÇAS,

MAS ACABOU SE ABRINDO E COMEÇOU A FAZER AMIGOS. ERA MUITO INTELIGENTE E TINHA VÁRIAS COISAS INTERESSANTES A DIZER. RAPIDAMENTE SE TORNOU AMIGO DE GABRIEL E JÚLIO.

Os dois melhores amigos estavam felizes em incluir um terceiro menino no grupo e em suas atividades. Eles se reuniam depois da escola e jogavam videogame ou iam ao parque. Tom se adaptou perfeitamente, e Gabriel e Júlio faziam com que ele se sentisse um membro a mais do grupo.

TUDO IA BEM, ATÉ QUE ALGO MUDOU NO COMPORTAMENTO DE TOM.

Ele, que costumava ser um menino calmo e estudioso na sala, começou a jogar bolinhas de papel nos outros alunos para se divertir. Interrompia a aula e já não fazia seus deveres. Parecia que ele queria chamar a atenção, mas sua atitude começava a causar problemas com alguns colegas. A professora passou até mesmo a obrigá-lo a ficar depois das aulas todas as quintas-feiras para que limpasse a sala, de tantos papéis que ele jogava. Estava claro que Tom enfrentava problemas em casa.

Gabriel e Júlio estavam preocupados com Tom. Eles se distanciaram um pouco do menino por causa de seu comportamento. Porém estavam convencidos de que esse tipo de atitude não fazia parte de sua verdadeira personalidade. Ambos queriam ajudá-lo a voltar a ser quem ele de fato era. Juntos eles tentavam imaginar o que poderiam fazer para ajudar o amigo e, por isso, decidiram ir falar com ele para saber o que estava acontecendo.

Um dia, depois da escola, eles se aproximaram do menino e disseram:

— Tom, acho que nós precisamos conversar. Você pode falar com a gente?

Tom não respondeu. Então Júlio exclamou:

— Você não é assim! O que está acontecendo, Tom? Eu não te reconheço!

Tom, então, decidiu falar:

— Vocês têm razão, amigos, vamos conversar. Eu tenho algumas coisas para contar.

Quando chegaram ao parque, eles se sentaram em um banco. Gabriel e Júlio perguntaram qual era o problema. **TOM FALOU DURANTE CINCO MINUTOS, EXPLICANDO QUE SEUS PAIS ESTAVAM PRESTES A SE DIVORCIAR**, e que para ele era muito difícil aceitar essa situação. Tinha medo do que estava por vir e se sentia sozinho.

Gabriel e Júlio foram compreensivos e tentaram consolá-lo. Afirmaram estar dispostos a ajudá-lo e que ele não estava sozinho. Perguntaram se ele queria falar mais a respeito, e ele disse que sim.

Tom mencionou que os pais vinham brigando muito ultimamente e que temia que eles se divorciassem. Tinha medo do que aconteceria se os pais se separassem.

GABRIEL E JÚLIO OUVIRAM TUDO O QUE TOM PRECISAVA DIZER E SE OFERECERAM PARA APOIÁ-LO. DISSERAM QUE, APESAR DE SEUS PAIS ESTAREM PASSANDO POR UM MOMENTO DIFÍCIL, ISSO NÃO SIGNIFICAVA QUE ELE ESTIVESSE SOZINHO. GABRIEL GARANTIU:

— Sabe, Tom, somos seus amigos, e independentemente do que vier a acontecer em sua casa, sempre seremos seus amigos, e você pode confiar em nós.

Júlio completou:
— Mesmo que seus pais às vezes discutam um com o outro e até não se amem mais, isso não significa que eles não te amem ou não queiram que você seja feliz. Você deveria conversar com eles para que possam te ajudar.

Essas palavras confortaram Tom, e aparentemente ele se sentiu um pouco melhor depois de conversar com Gabriel e Júlio.

O garoto agradeceu aos amigos por apoiarem-no e disse que acontecesse o que acontecesse, mesmo que ele tivesse que se mudar de novo, se sentia feliz por ter amigos como eles. Os três juraram que não importava o que viesse a acontecer no futuro, a amizade deles nunca acabaria.

Gabriel e Júlio estavam felizes por poder ajudar Tom. Haviam decidido continuar falando com ele e estar a seu lado sempre que ele precisasse.

No dia seguinte, na escola, Tom parecia um pouco melhor. Ele continuava distraído na aula, mas parecia estar se esforçando para prestar atenção e não causar problemas a seus colegas.

Gabriel e Júlio se sentiram aliviados ao ver que Tom estava tranquilo. Fizeram questão de incluí-lo nas atividades em grupo para poder apoiá-lo, porque é isso o que os amigos fazem.

Com o tempo, Tom pareceu melhorar cada vez mais. Ainda se preocupava com a situação de seus pais, mas entendeu que não podia se prejudicar. Fazia todo o possível para se dedicar às lições e não atrapalhar a aula. Seus amigos o ajudavam muito!

Um dia, Tom perguntou se eles queriam ir a sua casa. Os dois amigos ficaram bastante surpresos, mas aceitaram.

Quando eles chegaram, perceberam que era um lugar muito agradável. Os pais de Tom ainda moravam juntos e pareciam se dar bem.

Tom explicou aos amigos que seus pais tinham decidido ficar juntos e que não iam se separar, porque, apesar das discussões, eles ainda eram muito apaixonados. Ele disse estar feliz por eles terem decidido manter o casamento e, por isso, se sentia melhor.

Gabriel e Júlio ficaram muito contentes ao saber que os pais de Tom não se separariam. Estavam felizes porque Tom se sentia melhor e queriam deixar toda essa história para trás.

TOM AGRADECEU AOS MENINOS POR TEREM FICADO A SEU LADO E AFIRMOU QUE TÊ-LOS COMO AMIGOS ERA UMA ENORME ALEGRIA. Eles tinham se preocupado e era evidente que a tristeza dele tinha diminuído. Gabriel e Júlio adoraram poder tê-lo ajudado durante um período tão complicado.

Nas semanas que se seguiram, Tom voltou a ser o menino estudioso de sempre e a tirar notas boas, e seu comportamento melhorou consideravelmente. Seus pais estavam cada vez mais orgulhosos dele, e gratos a Gabriel e Júlio pelo apoio que tinham lhe dado durante aquele período tão desafiador.

Esta história nos ensina que é importante apoiar nossos amigos quando eles não estão bem. Isso mostrará que nós nos preocupamos com eles, e, afinal de contas, quando não estamos bem, a presença de nossos amigos é inestimável para nos sentirmos melhor.

Quando nossos amigos sabem que estamos dispostos a apoiá-los, nós os ajudamos a superar os momentos desafiadores. Isso também ajuda a construir relações mais sólidas entre nós, o que faz com que nossas amizades sejam mais fortes.

AMIZADE

Amizade é quando as pessoas se gostam e dedicam um tempo para ficarem juntas.

Isso é importante porque nos ajuda a nos sentirmos amados e apoiados. Também é divertido porque nos faz compartilhar coisas com outras pessoas, e assim não nos sentimos sozinhos.

E você, o que mais gosta de fazer com seus amigos?

_____
_____
_____

SALVANDO O PÁSSARO

CAROL E MARIANA ERAM DUAS CRIANÇAS QUE SE ENCONTRAVAM TODOS OS DIAS NO PEQUENO PARQUE DO BAIRRO. ERAM MELHORES AMIGAS E ADORAVAM EXPLORAR JUNTAS.

O parque estava cheio de árvores altas e tinha uma grama exuberante. No meio, havia um pequeno lago com patos e gansos nadando nele. Carol e Mariana sempre levavam pão para alimentar os pássaros e adoravam vê-los andar livremente.

Um dia, as duas crianças passeavam pelo parque quando uma delas percebeu algo estranho.

— Carol, olhe para baixo! — disse Mariana, apontando para o caminho de cascalho no qual havia um pardal.

O passarinho, no chão, parecia não se mexer. Elas se aproximaram com cuidado. O pássaro estava deitado de lado com os olhos fechados.

Ao mesmo tempo que as crianças ficaram surpresas pela descoberta, também ficaram preocupadas e decidiram ajudar o animalzinho. Elas o pegaram com delicadeza e o colocaram em um banco que havia ali por perto.

DEPOIS DE COLOCÁ-LO NO BANCO CUIDADOSAMENTE, CAROL COMEÇOU A ACARICIAR AS PENAS. DE REPENTE, O PÁSSARO ABRIU OS OLHOS E OLHOU PARA AS CRIANÇAS. CAROL E MARIANA SE SENTIRAM ALIVIADAS, MAS PERCEBERAM ALGO ESTRANHO, PARECIA QUE ELE ESTAVA SOFRENDO.

Era a primeira vez que viam algo assim. Carol e Mariana percorreram o parque em busca de uma caixa de papelão para levar a ave ao veterinário. Enquanto o colocava na caixa, Mariana sentiu que o pardal tremia. Não havia mais tempo a perder, ele tinha que ser curado rapidamente! As crianças foram à procura de seus pais, e eles as acompanharam ao veterinário do bairro.

AO CHEGAR, ELES ESPERARAM ALGUNS MINUTOS E FORAM ATENDIDOS POR UMA JOVEM. ELA PEGOU A PEQUENA CAIXA, NA QUAL ESTAVA O PÁSSARO E O EXAMINOU DURANTE ALGUNS MINUTOS.

Mariana e Carol perguntaram, quase ao mesmo tempo:

— E então, doutora, você sabe o que ele tem?
— Ele vai sobreviver?

A veterinária respondeu que o pássaro tinha sido envenenado. Felizmente, ela sabia como curá-lo.

Após receber o medicamento, o passarinho se levantou e pousou no ombro da médica.

— Em minha gaveta, eu tinha o antídoto perfeito para curá-lo. Pedi um estoque grande porque ultimamente muitas pessoas do bairro têm trazido animais, e todos com os mesmos sintomas.

Pelo visto, não era a primeira vez que um animal vinha doente daquele parque. Na semana anterior, uma senhora havia levado seu cachorrinho, que apresentava os mesmos sintomas e mal se movia.

Carol e Mariana ficaram horrorizadas. Não tinham ideia de quem seria capaz de fazer algo tão cruel. Elas se sentiam impotentes, assustadas, e não sabiam que atitude tomar.

A veterinária deu o medicamento para a ave e disse às garotas para manterem-na aquecida e segura. O pássaro precisava de descanso e tempo para recuperar todas as suas forças.

ASSIM, AS CRIANÇAS DECIDIRAM LEVAR O PÁSSARO PARA CASA E CUIDAR DELE. TODOS OS DIAS LHE DAVAM ÁGUA E COMIDA, ENQUANTO MONITORAVAM SUA SAÚDE. O PÁSSARO PARECIA ESTAR CADA VEZ MELHOR.

Porém elas ainda se perguntavam como ele tinha sido envenenado, por quem e por quê. Mariana e Carol decidiram investigar, voltando ao parque todas as quartas-feiras à tarde. Perguntaram a todas as pessoas que passavam se elas tinham visto outras aves doentes ou se alguém as havia alimentado.

Durante a investigação, também descobriram que várias latas de lixo do parque estavam cheias de restos, e os ratos procuravam algo para comer.

Começaram a interrogar outros moradores locais, e um dos comerciantes do bairro, o padeiro, conhecido como senhor Pedreira, ficou sabendo que a prefeitura usou veneno para acabar com o problema dos ratos no parque.

INDIGNADAS, CAROL E MARIANA DECIDIRAM AGIR. ELAS FORAM À PREFEITURA. LOGO QUE CHEGARAM À RECEPÇÃO, UMA SENHORA DE ÓCULOS PERGUNTOU-LHES QUAL ERA O MOTIVO DA VISITA.

— Queremos ver o prefeito da cidade, senhora! Esse assunto é muito sério, e a vida de muitos animais corre perigo.

A SENHORA FICOU SURPRESA, MAS, DIANTE DA DETERMINAÇÃO DAS CRIANÇAS, PEGOU O TELEFONE E FALOU POR UM INSTANTE COM A PESSOA QUE ESTAVA NA LINHA.

— A prefeita irá recebê-las. Vamos, eu as acompanho ao escritório dela.

AO CHEGAR À SALA DA PREFEITA, CAROL E MARIANA NÃO PERDERAM TEMPO E FALARAM COM ELA SOBRE O USO DE VENENO PARA RATOS.

Explicaram que envenenava as aves e os outros animais, e que não poderia mais ser usado. O correto seria procurar outra solução que não colocasse a vida dos animais do parque em perigo. A prefeita ouviu o discurso das crianças e ficou espantada com o conhecimento que tinham sobre o assunto.

Ela percebeu a gravidade da situação e concordou que usar veneno para os ratos não era adequado. Então, decidiu suspender seu uso imediatamente. Um dos assessores da prefeita, que estava na sala, sugeriu que os lixeiros fossem duas vezes por semana em vez de uma, para evitar que os restos se acumulassem e atraíssem os ratos para o parque. A prefeita agradeceu à Carol e Mariana por seu alerta para um tema tão importante.

CAROL E MARIANA FICARAM MUITO CONTENTES COM A ATITUDE DA PREFEITA EM OUVI-LAS E CONCORDAR EM DEIXAR DE USAR O TAL VENENO. ELAS AGRADECERAM À DECISÃO E VOLTARAM PARA SUAS CASAS.

Algumas semanas mais tarde, as crianças levaram a ave à veterinária para uma consulta. Ela havia se recuperado completamente. Carol e Mariana ficaram muito felizes e agradeceram à veterinária por seu trabalho e seus conselhos.

Estavam orgulhosas de si mesmas. Haviam salvado um pássaro e evitado que outros animais fossem envenenados. A prefeita ficou tão impressionada com a coragem e a determinação dessas jovens cidadãs que decidiu torná-las membras honorárias do conselho municipal.

Queria reconhecer seus esforços e mostrar à cidade que os jovens podem fazer a diferença.

As crianças adoraram a iniciativa e aceitaram a homenagem. Agora faziam parte do conselho municipal e podiam dar sua opinião e a das outras crianças para as decisões que lhes diziam respeito. Portanto continuaram investigando outros temas, como a administração dos parques infantis, a qualidade da merenda escolar...

A partir daí, Carol e Mariana ficaram conhecidas como as heroínas da cidade. Elas recordaram a todos que os pequenos atos podem ter um grande impacto. A história de coragem e determinação dessas crianças se espalhou pela cidade inteira, e todos falavam delas. As duas foram uma inspiração para outros meninos e meninas.

Esta história nos mostra que cada uma de nossas ações é importante e que, quando nos deparamos com algum problema, devemos agir. Não devemos hesitar em levantar a voz e falar sobre os problemas. Principalmente quando é prejudicial à natureza, porque podemos salvar a vida de muitos animais e conviver melhor com ela.

EXPRESSAR-SE

Expressar-se para defender uma causa é quando você usa sua voz para dizer o que quer e para compartilhar ideias que são relevantes para você. É importante porque nos ajuda a expressar nossas opiniões e a nos defender contra as injustiças.

Alguma vez você já teve a oportunidade de se expressar para defender uma causa?

_____
_____
_____

FELIPE
E OS VIDEOGAMES

FELIPE ERA UM MENINO DE OITO ANOS QUE ADORAVA JOGAR VIDEOGAMES. ELE ERA APAIXONADO DESDE QUE GANHOU SEU PRIMEIRO CONSOLE DO TIO EM SEU ANIVERSÁRIO DE CINCO ANOS. O garoto tinha uma coleção impressionante para sua idade. Em sua estante havia mais de trinta jogos, e ele já possuía três consoles. A cada Natal e a cada aniversário, Felipe pedia novos jogos.

O menino gostava principalmente dos jogos de esportes e de estratégia. Todas as manhãs Felipe se levantava cedo para poder passar uma hora ou duas jogando antes de ir para a escola. Depois das aulas, ele voltava para casa e jogava seus jogos favoritos até a hora de ir dormir. Ele também gostava de assistir a programas e documentários sobre videogames, estratégias e como eles eram feitos.

FELIPE ERA UM MENINO MUITO SOCIÁVEL. APESAR DE JOGAR MUITO VIDEOGAME, ELE NÃO SE ISOLAVA. Compartilhava suas experiências de jogo com seus amigos e podia discutir durante horas maneiras de vencer em seu jogo favorito, assim como as últimas descobertas para desbloquear personagens secretos.

Também adorava participar de competições e torneios online organizados por seus amigos e sites de jogos na internet.

Felipe treinava bastante para poder passar os níveis mais difíceis e progredir em suas aventuras. Quando perguntavam o que ele esperava do futuro, a resposta era sempre a mesma:

— Quero me tornar o melhor jogador do mundo e compartilhar minha opinião e minhas experiências através de vídeos!

Seus pais eram muito compreensivos com a paixão de Felipe. Mas sua mãe se preocupava por ele passar muito tempo com os videogames e não se comprometer o suficiente com as outras coisas, como estudar ou sair para passear. Aliás, seus pais percebiam que Felipe às vezes passava várias horas jogando sem parar, e que na manhã seguinte acordava de mau humor para ir à escola.

Às vezes, o menino se sentia muito irritado e bravo tanto com os familiares como com os amigos, quando estava cansado. E chegava a ser um tanto grosseiro com seus colegas de sala. Sendo assim, a professora chamou os pais de Felipe para conversarem.

FELIPE PARECIA TER ENTENDIDO QUE PRECISAVA FAZER UM ESFORÇO PARA DORMIR MAIS CEDO E EVITAR ESSE TIPO DE COMPORTAMENTO.

Certa noite, Felipe estava no meio de um jogo importante quando sua mãe entrou no quarto.

— Felipe! Já chega! Você está jogando há horas e agora eu quero que você vá dormir — disse sua mãe, com firmeza.

— Mãe, só mais cinco minutos — ele implorou.

A mãe negou com a cabeça.

— Não, Felipe. É hora de dormir. Agora!

Ele desligou o jogo com má vontade e foi para a cama, onde ficou resmungando por um bom tempo. Estava bravo porque sua mãe o obrigara a parar de jogar, mas no fundo sabia que ela tinha razão. Ficara jogando por muito tempo, e era hora de descansar.

Na manhã seguinte, Felipe estava exausto. Ele ficara acordado até tarde na noite anterior e ainda sentia os efeitos. Também estava bravo consigo mesmo por não ter disciplina para parar de jogar e ir dormir.

Na tarde seguinte, a melhor amiga de Felipe, Marina, foi a sua casa. Ela e Felipe se conheciam desde o jardim de infância, eram como irmãos. Todas as quartas-feiras à tarde, eles tinham a oportunidade de competir em seu jogo de estratégia favorito.

No entanto, Marina tinha ouvido a professora conversando com outro professor no corredor da escola. Eles falavam sobre o cansaço de Felipe, sabiam que era por ele jogar videogame até tarde da noite, e estavam preocupados.

Então, Marina se comprometeu a falar com o amigo para que pudesse ajudá-lo a perceber que suas ações tinham consequências em suas relações com seus companheiros e professores.

— Felipe, eu sei o quanto você gosta de jogar videogame, mas você não pode continuar jogando todas as noites dessa forma. Você vai ficar doente e não conseguirá se concentrar no dia seguinte. Isso não faz bem.

Felipe ficou surpreso. Não achava que estava gerando preocupação nos outros. Ele pensou no que a amiga lhe disse e entendeu que ela tinha razão.

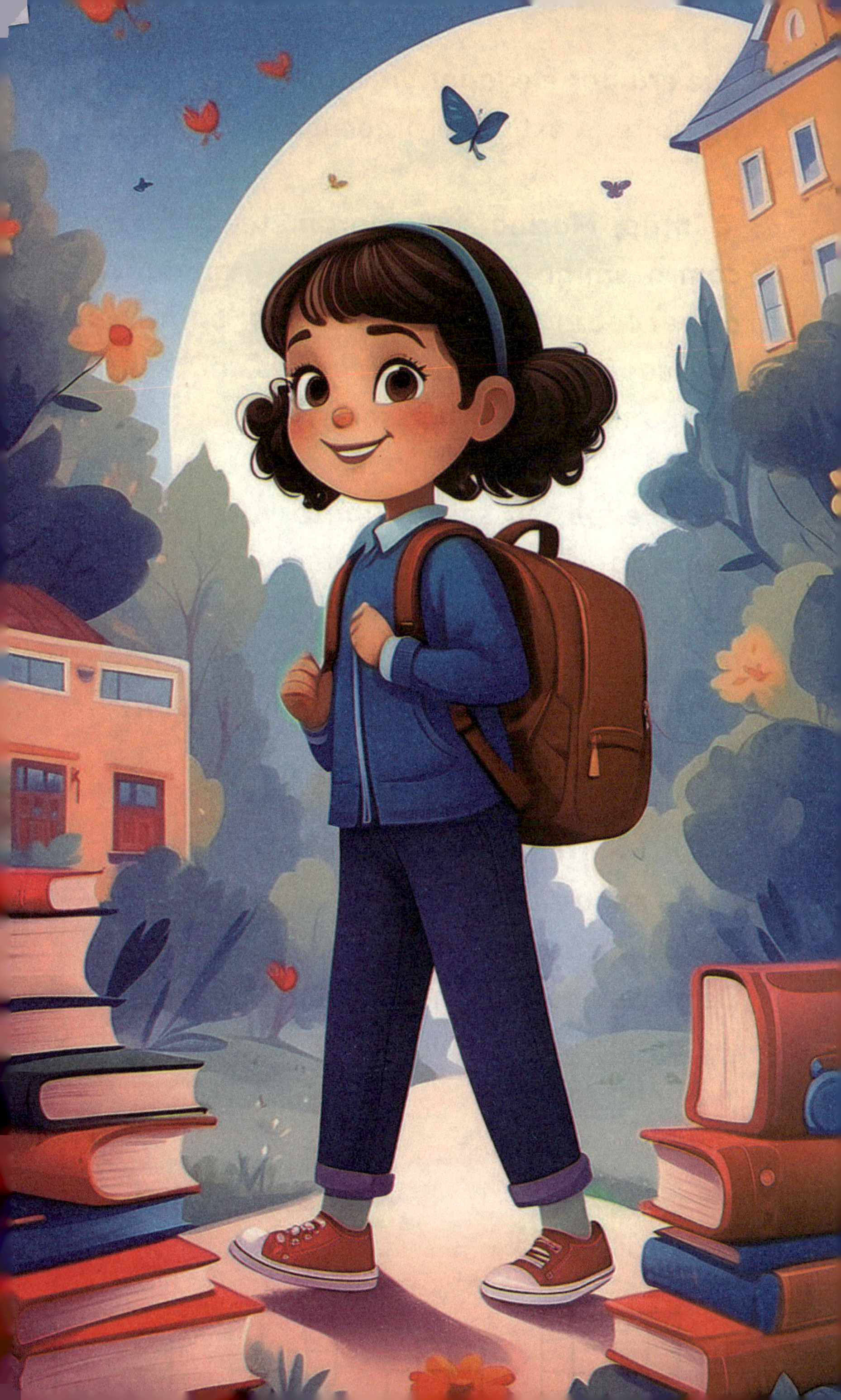

O menino vinha deixando os deveres escolares de lado, vivia cansado e geralmente estava de mau humor no dia seguinte.

Marina continuou:

— OLHA, EU SEI QUE VOCÊ GOSTA DE VIDEOGAMES, E NÃO ESTOU DIZENDO PARA PARAR DE JOGAR COMPLETAMENTE. SÓ ACHO QUE VOCÊ DEVE ENCONTRAR UM EQUILÍBRIO. POR QUE NÃO TENTA JOGAR DURANTE UMA HORA OU DUAS TODOS OS DIAS E DEPOIS FAZ OUTRA COISA? DESSA MANEIRA PODEMOS CONTINUAR NOS DIVERTINDO COM OS JOGOS, MAS TAMBÉM CURTINDO OUTRAS ATIVIDADES.

Felipe pensou sobre o que Marina disse e percebeu que fazia sentido. Marina prosseguiu:

— SABE, VOCÊ VIVE DIZENDO QUE QUER SE TORNAR UM GRANDE CAMPEÃO DE VIDEOGAMES. SER CAMPEÃO DE VIDEOGAMES É COMO SER UM ESPORTISTA DE ALTO NÍVEL, VOCÊ TAMBÉM DEVE SABER APROVEITAR O TEMPO PARA DESCANSAR. CASO CONTRÁRIO, SERÁ IMPOSSÍVEL SER O MELHOR SE SEMPRE ESTIVER CANSADO.

Até então Felipe não tinha se dado conta de que seu sonho nunca poderia se tornar realidade se ele não tirasse mais tempo para o repouso. Ele agradeceu à Marina pelos conselhos e prometeu encontrar uma maneira de equilibrar os videogames com outras atividades.

Nos dias que se seguiram, quando chegava a hora de dormir, Felipe não ficava mais bravo com sua mãe. Na verdade, com o passar dos dias, ele passou a colocar um pequeno alarme dez minutos antes do término do jogo para poder salvá-lo e arrumar a mochila para o dia seguinte.

Desde a conversa com Marina, Felipe passara a limitar o tempo que dedicava ao jogo de videogame todos os dias e passou a dormir o suficiente. Ele entendeu que os grandes campeões tinham que estar com a mente sã para ter sucesso!

Ele também se concentrou nos estudos e descobriu que podia tirar notas melhores mais facilmente porque já não estava tão cansado para raciocinar. Pôde fazer novos amigos, e até encontrou tempo para se dedicar a outros interesses, como desenhar e escrever.

Felipe ainda adorava jogar videogame, mas agora podia fazer isso de uma maneira mais equilibrada e saudável. Era grato à amiga Marina por tê-lo ajudado a perceber que precisava encontrar um equilíbrio melhor entre os videogames e as outras atividades.

ALGUNS ANOS MAIS TARDE, FELIPE FINALMENTE SE TORNOU UM DOS MELHORES JOGADORES DE VIDEOGAME. E quando as crianças vinham lhe pedir autógrafos e perguntavam seu segredo, ele sempre respondia:

— Ouça os conselhos de seus melhores amigos, e, principalmente, não se esqueça de que é necessário descansar para que você possa estar ainda mais concentrado e forte!

EQUILÍBRIO

Equilíbrio é saber estar em forma, é quando você se sente bem com seu corpo e sua mente.

É importante porque permite brincar, rir e se divertir com seus amigos. E o descanso é fundamental para o equilíbrio.

O que você costuma fazer para se manter equilibrado e em forma?

_____
_____
_____

LEIA TAMBÉM:

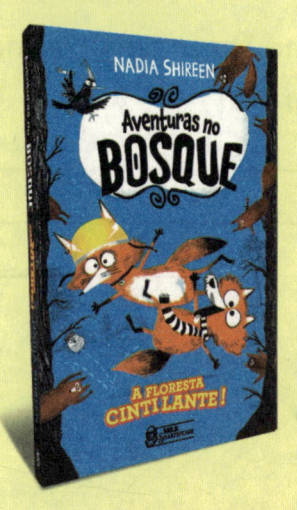

MILK SHAKESPEARE

ESTA OBRA FOI IMPRESSA
EM AGOSTO DE 2024